120 MINUTES POUR MOURIR

120 MINUTES POUR MOURIR

MICHEL AMELIN

RAGEOT • ÉDITEUR

ISBN 2-7002-2957-6
ISSN 1766-3016

02:00:00

Sa mère lui avait dit qu'elle viendrait la chercher à la sortie du collège.

Alice n'avait que son sac de cours. Depuis que ses parents avaient divorcé, elle s'était habituée à ses deux appartements et à ses deux garde-robes. Son père, Patrick Delaunay, occupait un poste de haut fonctionnaire au ministère de l'Intérieur. Sa mère, Agathe, dirigeait une agence de publicité.

Alice n'avait pas de frère ni de sœur. Par contre, depuis qu'elle était née, elle avait connu des baby-sitters par dizaines !

Elle suivait les cours d'un collège chic dont la plupart des élèves étaient fils et filles d'ambassadeurs, de ministres ou d'importants responsables politiques et financiers. Quand son père avait la garde d'Alice, une semaine sur deux, il l'envoyait au collège en voiture avec chauffeur. Et le chauffeur venait la chercher.

Quand c'était à son tour, la mère d'Alice utilisait sa Mercedes pour le trajet. Mais, parfois, Alice rentrait à pied ou prenait le bus. Jamais le métro, trop dangereux, disaient ses parents.

Alice était grande pour ses treize ans. Elle avait un profil délicat de poupée de porcelaine, avec des yeux très bleus frangés de longs cils. Ses cheveux blonds tombaient sur ses épaules. C'était une adolescente timide et renfermée.

Il n'était pas arrivé grand-chose dans sa vie jusqu'à ce mardi en fin d'après-midi où elle sortit du collège, son grand sac de cuir sur le dos.

Elle s'immobilisa sur la dernière marche du perron. Des voitures défilaient devant elle, les groupes d'élèves se dispersaient. Alice soupira. Elle ne voyait pas la Mercedes décapotable rouge de sa mère.

Si dans deux minutes elle n'était toujours pas là, Alice rentrerait à pied.

Elle piétinait sur les marches quand elle aperçut soudain la Mercedes garée à une cinquantaine de mètres. Pourquoi sa mère n'en était-elle pas descendue ? Et pourquoi s'était-elle garée si loin ?

– On est en rade, mademoiselle Delaunay ? demanda Vivien Wells.

Il était affalé sur les marches, ses grandes jambes écartées, les pans de sa chemise traînant par terre, ses longues mèches dans les yeux. Il tira une cigarette d'un paquet.

– Tu ne crois pas que tu es un peu jeune pour fumer ? répliqua Alice.

– Je fais ce que je veux, mademoiselle la Morale. Si j'ai envie de crever avec les poumons pleins de goudron, c'est mon affaire.

Alice haussa les épaules. Vivien Wells était le fils unique d'un bijoutier de l'avenue Montaigne. Actuellement, son plus grand plaisir était de flâner après les cours.

– J'ai pas le temps de discuter de ta santé, Vivien. Ma mère m'attend.

Alice lui fit un signe de la main et dévala le perron. Elle se dirigea vers la Mercedes.

– C'est ça ! cria Vivien, va voir môman !

Alice fit comme si elle n'avait pas entendu. Arrivée à hauteur du véhicule, elle s'arrêta, surprise. Sa mère était assise sur la banquette arrière, près d'un homme blond coiffé d'une casquette. Un autre homme, arborant une épaisse moustache noire, se tenait au volant. Alice ne les avait jamais vus.

– Monte ! ordonna le conducteur.

Alice ne bougea pas. Sa mère, bloquée à l'arrière, la contemplait avec des yeux effrayés. Que se passait-il ?

– Monte, je te dis, répéta l'homme.

– Mais…

– Il n'y a pas de mais. Ta mère est là. Alors, monte !

– Maman ! Que…

– Presse-toi ! lança la voix dure.

Alice vit les yeux de sa mère s'emplir de larmes. Ses lèvres bougèrent mais aucun son n'en sortit. L'homme qui se tenait à côté d'elle lui jeta un coup d'œil mauvais puis se tourna vers Alice :

– Tu ne veux pas qu'il arrive quelque chose de grave à ta mère ?

Alice secoua la tête. Les yeux noirs de ces types l'hypnotisaient. Elle essayait d'y lire une explication mais elle n'y rencontrait que de la froideur.

– Fais le tour et grimpe devant. Nous avons assez perdu de temps.

Alice recula. Son sac lui parut peser des tonnes. Elle déglutit. Sa mère pencha la tête et se mit à pleurer. Le seul désir d'Alice était de fuir à toutes jambes. Un événement affreux se déroulait sous ses yeux qu'elle ne comprenait pas. Une dangereuse tension s'était établie entre sa mère et ces deux hommes, et Alice venait d'y prendre place.

– Je compte jusqu'à trois, reprit l'homme blond. Sinon…

Il leva légèrement sa main pour qu'Alice voie ce qu'il tenait, pressé contre le ventre de sa mère. C'était un pistolet noir.

01:45:00

Le conducteur se pencha pour ouvrir la portière du passager avant. Alice contourna la Mercedes. Sa gorge était devenue sèche, son cœur battait à tout rompre. Juste avant de monter, elle eut le temps de voir Vivien Wells, toujours assis sur le perron, fumer en la regardant.

Il ne pouvait pas se douter que…

– Boucle ta ceinture. Ce n'est pas le moment d'avoir des ennuis, grommela le chauffeur moustachu.

Une main se posa sur ses cheveux. Pendant un instant, Alice crut que l'homme blond, qui se tenait derrière elle avec sa mère, voulait l'assommer.

Mais non. Cette main était celle de sa mère. Cela faisait si longtemps qu'Alice ne l'avait pas sentie… Les doigts se promenaient lentement dans sa chevelure.

« Elle veut me calmer, pensa Alice. Elle me calme. »

– Chérie, dit Agathe. Ces types m'ont obligée. Je n'ai rien pu faire.

Des sanglots l'étouffèrent. La voix rude de l'homme blond reprit :

– Ça suffit maintenant.

Il donna une bourrade dans le dossier du chauffeur.

– Fonce. On est dans les temps mais il ne faut pas traîner.

La Mercedes déboîta et fila dans la rue.

– Où nous emmenez-vous ? demanda Agathe d'une voix angoissée.

– Vous verrez bien. Désormais, vous vous taisez et vous ne tentez rien. Vous n'avez pas intérêt à attirer l'attention d'un témoin. Votre fille est devant et les balles de cette arme traverseraient le dossier comme du beurre. Vous m'avez compris ?

Agathe hocha la tête. Alice sentait la tension nerveuse de l'homme moustachu qui conduisait à ses côtés.

Les deux malfaiteurs parlaient avec un accent étranger. Que voulaient-ils ? D'où venaient-ils ?

Pendant que les façades des maisons et les voitures en stationnement défilaient derrière les vitres de la Mercedes, Alice se souvint avoir lu que certains ravisseurs utilisaient cette technique de prise d'otages familiale pour se faire ouvrir les coffres d'un banquier ou d'un bijoutier...

Mais Alice n'était pas fille de bijoutier ! Tout cela aurait plutôt dû arriver à Vivien Wells. Qu'espéraient-ils en s'attaquant à elles ?

Alice entendit sa mère respirer bruyamment dans son dos.

Elle aurait voulu se retourner mais elle avait trop peur. Elle se disait que sa mère souffrait. Que l'homme devait lui enfoncer le pistolet dans les côtes.

Agathe savait certainement pourquoi elles avaient été enlevées toutes deux. Elle était adulte.

– Laissez descendre ma fille, souffla-t-elle.

– La ferme !

– Elle n'y est pour rien. Elle ne pourra rien faire.

– La ferme, j'ai dit !

– Laissez-la descendre.

– On en a besoin. On a besoin de vous deux.

Agathe voulut reprendre la parole mais son voisin lui donna un coup de coude dans les côtes. Elle se plia sur son fauteuil, le souffle coupé.

La Mercedes fit une embardée. Agathe pleurait.

Alice pleura à son tour.

Elle allait mourir… Là, dans la voiture.

01:39:00

La Mercedes roulait dans une petite rue. Alice sentit des mains nerveuses se plaquer de chaque côté de sa tête.

– Mets-leur le bandeau, jeta le conducteur.

– Voilà, dit l'homme. N'y touchez pas. Glissez de votre siège, toutes les deux. Tassez-vous sur la moquette.

Alice obéit. Elle se roula en boule contre son gros sac de cours. L'odeur de cuir lui monta aux narines.

La Mercedes tourna et tourna encore. Le moteur ronflait à son oreille.

« Ils ne veulent pas que nous repérions le chemin de leur planque, pensa Alice. Si nous devions être tuées, ils s'en moqueraient. Ils nous libéreront donc après. »

Mais après quoi ?

La voiture s'arrêta. On ouvrit la porte. Un souffle d'air caressa la joue d'Alice.

Elle perçut une odeur d'essence. Le bruissement des feuilles d'un arbre. Un chien aboyait au loin.

Une main l'attrapa par l'épaule et la tira du véhicule. Alice se retrouva sur ses pieds. Elle marcha sur des pavés inégaux. Les bruits résonnaient d'une étrange façon…

Elle fut poussée en avant et trébucha mais on la rattrapa avant qu'elle ne chute. Alice saisit un écho et comprit qu'ils devaient se trouver dans une cour intérieure entourée de bâtiments.

De l'ombre encore plus épaisse. Ils quittaient le jour pour entrer dans l'obscurité d'un local.

– Attention aux marches, indiqua la voix du chauffeur.

On la saisit sous une aisselle. Alice grimpa, entendant derrière elle les gémissements de sa mère qui la suivait avec l'autre homme. Un palier. La résonance d'une cage d'escalier et une vague odeur de moisi, d'urine et de chou. Une porte que l'on ouvre.

Quelques pas sur un plancher. Enfin le bandeau arraché.

Alice cligna des yeux.

Elle se trouvait dans une petite pièce au papier peint déchiré. Des éléments hi-fi noirs étaient alignés sur le manteau d'une cheminée. Des points rouges et jaunes clignotaient et des fils reliaient d'autres éléments disposés sur une table de camping.

Les volets étaient fermés, ne laissant filtrer qu'un rai de lumière. Le conducteur alluma.

Deux chaises pliantes encadraient la table. C'étaient les seuls meubles.

Alice regarda sa mère. Des traces de doigts marquaient sa pommette. Elles se jetèrent dans les bras l'une de l'autre. L'homme blond les sépara en les menaçant de son arme.

– Si tu veux revoir ta fille, dit-il à Agathe, tu dois obéir point par point. Mon collègue va t'emmener à côté.

– Non ! hurla-t-elle. Je veux rester avec ma fille.

Le moustachu la ceintura et la traîna avec lui. D'un coup de pied, il ouvrit la porte d'une chambre.

Alice eut le temps d'apercevoir un lit et une vieille armoire dont la glace luisait dans la pénombre. Sa mère fut précipitée sans ménagement dans le local. La porte claqua.

Alice se retrouva seule avec l'homme blond à la casquette. Il la fixait avec des yeux étincelants. Noirs comme de l'encre. Il la saisit par le col, approcha son visage du sien :

– Tout repose sur toi, maintenant. Voilà ce que tu vas faire : tu vas déposer quelque chose dans le bureau de ton père au ministère. Ce quelque chose, nous allons le placer dans ton sac d'école. Tu as compris ?

Alice hocha la tête. En vérité, elle ne comprenait rien. Elle n'entendait que sa mère qui gémissait à côté. Le moustachu revint. Il respirait vite :

– Je l'ai ligotée et bâillonnée pour plus de sécurité.

Un baffle grésilla. Le moustachu décrocha un écouteur. Une voix grave demanda si tout se passait bien.

– Pas de problème, répondit le moustachu. Reste à ton poste. Nous sommes dans les temps. On t'envoie la marchandise.

Le blond attira Alice à l'écart.

– Ce que tu vas transporter est très important. Tellement important que si tu ne réalises pas ta mission ta mère mourra ! Vas-y, occupe-toi du sac ! lança-t-il au moustachu.

L'homme se dirigea vers la cheminée. Alice le vit saisir un sac de plastique noir. La sueur perlait sur son front. Elle frissonna.

Le blond posa son pistolet et s'empara du sac d'Alice que son complice avait monté. Il désigna à Alice un écran bleu marine où un point lumineux clignotait. Il appuya sur une touche.

Le point lumineux disparut pour laisser place à un quadrillage.

– Voilà le plan de l'étage où travaille ton père au ministère de l'Intérieur. Voici son bureau.

Il plaça l'index sur un petit rectangle.

– Nous sommes renseignés. Alors, pas d'embrouille. Nous avons un contact là-bas. Ton sac et son contenu sont magnétisés. Nous pourrons le suivre sur un autre écran où que tu ailles. Ta mission sera terminée lorsque nous verrons le point lumineux dans ce rectangle. Dans le bureau de ton père ! Tu as compris ?

Alice baissa la tête, en proie à une terreur sans nom. L'homme lui redressa le menton pour la fixer une nouvelle fois de ses implacables yeux noirs.

– Tu as une heure et demie pour placer ton sac dans le bureau de ton père. Une heure trente-et-une exactement ! Si tu réussis, ta mère vivra.

01:31:00

Le moustachu enfonça le sac de plastique dans celui d'Alice. Que dissimulait-il ? Le blond sortit un téléphone portable de sa poche, et le glissa dans la poche arrière du jean de l'adolescente.

– Tu ne te serviras pas bêtement de ce téléphone, n'est-ce pas ? Tu as si peu de temps ! Et ta mère a tant d'années à vivre encore. Elle est jeune et bien jolie. Ce serait vraiment dommage qu'à cause de sa fille elle se retrouve avec une balle dans la tête... Ce portable est pour nous. Pour te joindre en cas de problème, d'accord ? Mon copain va te ramener devant ton collège de gosses de riches. Tu téléphoneras au ministère pour dire que ta mère a eu un empêchement, ton père t'enverra le chauffeur habituel. Tu as compris ? Tu ne dois pas aller à l'appartement de ton père. Convaincs le chauffeur de te conduire au ministère. Tu raconteras que tu as une nouvelle très importante à communiquer à ton père. Allez, répète ce que je viens de dire.

Pour la première fois depuis qu'elle avait été enlevée, Alice parla. Les mots eurent du mal à franchir l'obstacle de sa gorge sèche. Elle avait l'impression que ses lèvres étaient pétrifiées. Elle ne reconnut pas sa voix quand elle l'entendit :

– Je téléphone à mon père... Je pars avec le chauffeur au ministère... Je dois mettre le sac dans son bureau...

– Bon, lança l'homme en regardant dans le sac, le compte à rebours est commencé. Il ne te reste que quatre-vingt-dix minutes. Rappelle-toi que nous contrôlons tous tes gestes grâce à cet écran, à ce portable et à un contact qui ne te perdra pas de vue. Au moindre écart, ta mère en subira les conséquences.

– Mais pourquoi faites-vous ça ? osa Alice.

– Tu l'apprendras aux informations ce soir !

– Mes parents...

– Nous nous fichons de tes parents. C'est le bureau de ton père qui nous intéresse. Notre objectif, c'est ça.

L'homme poussa Alice dans les bras du moustachu. Elle buta contre son sac. Il était alourdi.

– Tu exécutes ce que l'on te demande et il n'y aura pas de problème. Et rappelle-toi que nous surveillons chacun de tes pas. Que le sac nous indique ta position exacte sur notre radar.

Que tu ne peux pas t'échapper sans mettre la vie de ta mère en péril et qu'il te reste à peine une heure et demie pour accomplir ta mission. Va, petite révolutionnaire, et accomplis ton œuvre de mort !

Ce furent les dernières paroles qu'Alice entendit de la bouche de celui qu'elle croyait être le chef.

Le moustachu l'agrippa et lui replaça le bandeau.

Elle fut entraînée dans le couloir puant, descendit de nouveau les marches, et retrouva sous ses pas le relief des pavés.

Une portière de voiture s'ouvrit. Elle monta dans un habitacle à l'odeur douceâtre. Ses pieds écrasèrent des papiers qui devaient joncher le plancher. Elle s'effondra sur une banquette couverte de miettes de pain.

Ce n'était plus la Mercedes.

Un bruit de portière. Le moteur qui démarre. Les premières secousses.

Alice quitta la cour intérieure inconnue. Laissant sa mère prise au piège.

01:28:00

Le conducteur ne lui parlait pas. Allongée sur la banquette arrière, le bandeau sur les yeux, le nez dans le rembourrage poussiéreux, Alice entendit un concert d'avertisseurs.

La voiture braqua brutalement. L'adolescente faillit rouler sur le sol.

La voiture accéléra. La vie continuait à l'extérieur. Des passants se croisaient sur le trottoir dans l'ignorance du drame qui se jouait à quelques mètres d'eux.

Dans l'esprit d'Alice, défilèrent les visages de sa mère, de son père, des hommes qui l'avait enlevée. Leurs paroles se mélangèrent en une atroce bande-son.

Qu'avait voulu dire cet homme horrible aux yeux semblables à des taches d'encre ? Qu'y avait-il dans le sac ? Pourquoi, juste avant de partir, l'avait-il appelée « petite révolutionnaire » ?

La voiture stoppa. Une main lui arracha son bandeau et la saisit par le col. Elle se retrouva assise sur la banquette, les yeux éblouis par la soudaine lumière.

Où se trouvaient-ils ?

Le visage de l'homme moustachu s'approcha d'elle. Derrière les paupières plissées, filtrait un regard dur…

– Prends ton sac et fais ce qu'on t'a dit. Appelle ton père. Tu as une mission. Réussis-la. Tu sais ce qui arrivera à ta mère si tu te défiles ?

Alice acquiesça. Elle ne voulait pas imaginer sa mère entre les mains de ces tueurs.

L'homme s'empara du sac sur le siège passager.

– Prends-le. Inutile de regarder à l'intérieur, cela ne t'avancera à rien. Au contraire. Toi, tu es le véhicule du sac. Tu le laisses dans le bureau de ton père et voilà. Tire-toi, maintenant.

Alice ouvrit la porte de la voiture et se retrouva sur le trottoir, son sac à la main. Elle tremblait. Son corps chancelait comme une tour prête à tomber. Son sac lui parut peser une centaine de kilos.

La voiture démarra en trombe. Alice vit la nuque du chauffeur à travers le pare-brise. La fumée du pot d'échappement se dissipa.

Alice toussa. Elle n'avait même pas eu le temps d'observer l'arrière de la voiture. À quoi cela lui aurait-il servi de toute façon de connaître la marque ou l'immatriculation du véhicule ? Elle était coincée. Fichue.

Et sa mère aussi.

Alice mit un certain temps à se rendre compte qu'elle était revenue dans la rue de son collège. Elle fit quelques pas vers le perron. Vivien Wells était toujours assis sur les marches du bâtiment déserté !

C'était comme une parenthèse dans le temps qui se fermait. Elle se retrouvait au point de départ.

Alice se dit qu'elle venait de vivre un cauchemar. Quelqu'un l'avait hypnotisée à la sortie des cours. Elle allait se réveiller, blaguer avec Vivien et voir la Mercedes rouge s'approcher, sa mère au volant, souriante.

Elle tituba, son sac lui heurta la jambe.

Non, ce n'était pas un cauchemar. C'était une réalité pire qu'un cauchemar !

Alice ne pouvait pas faire autrement qu'avancer. Il lui sembla que le goudron du trottoir s'amollissait sous ses pas. Vivien Wells tourna la tête et la vit.

Pendant quelques secondes, il ne bougea pas, puis, intrigué, il se leva, descendit le perron et marcha vers elle, les pans de sa grande chemise à carreaux noirs et blancs flottant derrière lui comme la bannière d'un chevalier.

Alice le vit arriver avec terreur.

01:20:00

Elle ne devait pas lui parler. Il ne devait pas savoir. Ni même soupçonner la situation dans laquelle elle se trouvait.

Alice lui tourna le dos et voulut s'enfuir, mais ses jambes refusèrent de courir. Elle tangua comme si elle se tenait sur le pont d'un navire et s'appuya au mur. Une main se posa sur son épaule. Vivien l'avait rejointe.

– Qu'est-ce qui se passe ? Tu en fais une tête ? Tu n'es pas chez ta mère ?

Alice avait envie de vomir. Ce garçon avait-il besoin de lui poser des questions stupides qui mettaient la mission en péril ?

– Dégage, gronda-t-elle. Laisse-moi tranquille.

– Hé ! En voilà un langage dans la bouche d'une jeune fille ! Tu as un problème ? Tu fugues ? Si je peux t'aider, je le ferai.

– Je ne veux pas de ton aide. Tire-toi, c'est tout.

– Dis donc, j'ai vu la bagnole pourrie dans laquelle tu es revenue. Le moustachu qui conduisait n'avait pas l'air commode. C'est un membre de ta famille ?

Alice regardait ses pieds. Elle n'osait pas affronter les yeux de Vivien Wells. Quel crétin ! N'avait-il rien de mieux à faire que de se mêler des affaires des autres ?

– Si j'ai des problèmes, ça me regarde. Tu devrais être chez toi au lieu de m'embêter.

Elle se mit en marche. Sa main s'appuyait toujours au mur. Vivien, après un instant d'hésitation, la suivit.

– Hé ! Alice Delaunay ! Ne fais pas ta bêcheuse. Si tu t'es tirée, je peux te donner des plans. Tu ne vas quand même pas aller n'importe où !

– Je vais chez mon père ! Voilà, tu es content ? Tu l'as ton explication !

– Tu t'es disputée avec ta mère ?

Vivien continuait de parler et le temps passait ! Ce précieux temps qui conduisait la femme liée sur le lit d'une petite chambre sombre vers la mort inexorable.

Le compte à rebours était commencé depuis cette scène dans l'appartement obscur. Alice se rappelait le point lumineux sur l'écran : la mort clignait de l'œil et répétait : « Je suis là, tout près. Je ne t'oublie pas. Fais ce que l'on t'a commandé. Rappelle-toi ta mission de petite révolutionnaire. Tu es le véhicule de ton sac. Obéis, sinon... »

– Laisse-moi ! hurla-t-elle.

Vivien Wells fit un bond en arrière, étonné par la violence de son ton. Jamais il ne l'avait vue ainsi, les traits déformés par la colère, les cheveux en bataille.

– D'accord, d'accord, murmura-t-il en agitant la main.

Alice le quitta. Elle dépassa le perron du collège, longea les grilles. Vivien la vit jeter son sac sur son épaule. Il lui parut beaucoup plus chargé que lorsqu'elle attendait tout à l'heure.

Que pouvait-elle trimballer à l'intérieur ? Des vêtements ?

Elle faisait un drame d'une simple dispute familiale. Vivien haussa les épaules. S'il avait dû réagir à chaque accrochage avec ses parents, il se serait enfui à Tombouctou.

Il observa Alice tandis qu'elle s'éloignait. Libre à elle de refuser son aide. Après tout, il n'était pas là pour jouer les assistantes sociales.

– Pauvre tache ! souffla-t-il.

Il ne voulait pas se l'avouer mais il était furieux. Pour qui se prenait-elle ?

C'était la première fois que Vivien tentait une approche pareille vers une fille. Il était certain qu'Alice avait besoin de secours. Il avait voulu se rendre utile et voilà le résultat ! Écœurant !

Vivien shoota dans une boîte de Coca. L'ennui total ! Rien à faire si ce n'était retourner dans l'appartement désert au-dessus de la bijouterie. Personne à aimer vraiment. Sauf les filles paumées comme Alice.

Elle ne voulait pas de lui ? Tant pis pour elle !

Il s'adossa au mur et sortit un paquet de chewing-gums de sa poche. Vide, bien sûr ! Il en fit une boulette qu'il jeta dans le caniveau. Là-bas, Alice s'était arrêtée. Elle remontait un pan de sa chemise, prenait un objet coincé dans sa poche arrière.

Qu'est-ce qu'elle fichait ?

Elle venait de sortir son téléphone portable.

01:11:00

Le père d'Alice possédait une ligne personnelle, sur laquelle on pouvait le joindre sans passer par les innombrables standards du ministère de l'Intérieur :

– Alice ? Pourquoi m'appelles-tu ? Tu n'es pas chez ta mère ?

Une main de fer broya le cœur d'Alice. Pouvait-elle mentir à son père ? Comment allait-elle lui présenter la situation ?

– Je suis revenue au collège. Maman n'est pas à la maison. Elle est en déplacement.

– En déplacement ? Mais...

– En Angleterre. Voilà ! Elle est en Angleterre.

– Qu'est-ce que c'est que cette histoire ? Ta mère est folle ! Elle aurait pu nous prévenir ! Ce n'est quand même pas dans ses habitudes de...

– Je t'expliquerai, papa.

– Je t’envoie quelqu’un. Je ne sais pas si Antoine sera disponible, c’est toujours la panique ici quand le président est annoncé, mais en tout cas un chauffeur passera te prendre. Ne t’inquiète pas.

Le cœur d’Alice battait fort. D’après les consignes qu’elle avait reçues, ce n’était pas à l’appartement qu’elle devait se rendre mais au bureau de son père. Fallait-il le mentionner maintenant ? Son père allait se méfier…

Alice coupa la communication et regarda sa montre. Les minutes s’écoulaient. La mort pouvait-elle arrêter son sablier ?

01:09:00

Elle rangea le téléphone portable et posa le sac par terre.

Un coup de vent releva le rabat de cuir qui n'avait pas été fixé. L'ouverture bâillait ; le lien n'était pas suffisamment serré. Alice s'accroupit et ouvrit fébrilement le sac de plastique noir enfoncé à l'intérieur. Elle devina alors des formes rouges bardées de fils électriques et eut si peur qu'elle détourna le regard et abaissa vivement le rabat.

Non ! Elle ne voulait pas voir. Elle avait trop peur de comprendre ce qu'elle était obligée d'exécuter pour sauver sa mère.

Elle devait attendre le chauffeur devant la grille du collège. L'esprit vide. Détachée du terrible engrenage des minutes.

Vivien Wells était-il resté où elle l'avait laissé ? La surveillait-il toujours ? Elle s'en fichait.

Alice se pencha, espérant apercevoir la voiture.

01:00:00

– Tu veux un ch'wing ?
– Lâche-moi, je t'ai dit.
– De toute façon, je n'en ai plus.

Vivien Wells l'avait rejointe. Elle serra si fort l'un des barreaux de la grille que ses doigts en devinrent blancs. Alice ne voulait pas rencontrer le regard du garçon.

– Tu attends une voiture ? Dis donc, j'ai vu que tu avais ton portable. Le mien n'a plus de batterie. Je peux me servir du tien ?

– Non.

– Juste une fois ! Je voudrais demander à ma nounou de sortir mon yaourt du frigo. Je n'aime pas manger trop froid.

Vivien fut le seul à rire. Il fixa Alice qui lui tournait ostensiblement le dos. Ses yeux descendirent vers le sac :

– Tu emportes tes affaires ? Tu as quitté ta mère, c'est ça ?

– Ça ne te regarde pas.

Vivien soupira. C'était donc ça. Après avoir fourré dans son sac ce à quoi elle tenait encore, Alice s'était enfuie. Ciao ! Bye-bye ! Elle avait dévalé la rue, peut-être même avait-elle obligé le premier automobiliste à s'arrêter... Voilà pourquoi elle était descendue de cette 106 rouillée conduite par ce moustachu. C'était la seule explication possible.

Vivien attendit. Le comportement de cette fille l'intriguait. Maintenant qu'il la voyait perdue, les nerfs à fleur de peau, il se sentait touché.

Vivien avait l'esprit curieux. Trop curieux peut-être.

Il attrapa le sac par une bretelle et sauta en arrière.

– Rends-le-moi ! hurla Alice.

Vivien s'amusait beaucoup. Comme il était plus grand qu'elle, il le brandit bien au-dessus de sa tête en sautillant sur la pointe des pieds. Alice devint folle furieuse. Après avoir tenté vainement de reprendre son sac, elle saisit Vivien par la chemise :

– Je t'en prie ! Rends-le-moi !

Vivien riait en tournant autour d'elle comme un basketteur s'apprêtant à marquer un panier. Le visage rouge d'Alice se contracta. Les larmes inondèrent ses yeux.

Vivien Wells reposa le sac :

– Bon Dieu, Alice, je voulais juste plaisanter. Excuse-moi.

Elle s'empara du sac. Le rabat se releva une nouvelle fois et le haut d'un gros tube rouge apparut.

– Qu'est-ce que c'est ? demanda Vivien. Tu as embarqué un pistolet à eau ?

Alice n'eut pas le temps de répondre, une sonnerie retentit sous sa chemise. Elle se figea, les yeux écarquillés.

– Alors ? Réponds ! lança Vivien.

Alice mit un temps infini à sortir l'appareil. Elle tourna le dos à Vivien et porta le combiné à son oreille après avoir appuyé sur le bouton de réception :

– Qui est le guignol avec toi ? demanda une voix d'homme. Tu vas me faire le plaisir de l'expédier ailleurs.

Alice coula un regard vers Vivien. Avait-il entendu ? Elle ne parvint pas à articuler un seul mot.

– L'heure tourne. Ta mère n'a plus beaucoup de temps à vivre, poursuivit la sinistre voix.

– J'at... j'attends le chauffeur envoyé par mon père.

– Va à sa rencontre et débarrasse-toi de ce type.

– Je... je ne sais pas par quel chemin le chauffeur va arriver. Ce sera sans doute un nouveau et...

– S'il n'est pas là dans cinq minutes, tu files. Tu m'entends ?

– Oui… oui… je comprends.

– Et ne laisse personne regarder dans le sac.

– D'accord.

– Tu as perdu trop de temps.

L'interlocuteur coupa la communication. Alice rangea l'appareil.

Vivien lui parlait mais elle ne l'écoutait pas. Ses yeux scrutaient la rue.

Ils l'avaient appelée, ils la surveillaient.

Ils lui avaient dit qu'elle serait suivie.

Ils se tenaient près d'elle et pourtant elle ne les voyait pas.

00:52:00

Une 607 noire arriva sans bruit. Elle roulait lentement. Derrière le pare-brise teinté, Alice distingua la silhouette du conducteur, un homme aux yeux protégés par des lunettes de soleil.

Comme il faisait beau, il avait baissé sa vitre. À sa main, appuyée à la portière, pendait une cigarette.

La 607 s'arrêta devant Alice. La porte s'ouvrit. Le conducteur descendit.

– Le taxi de mademoiselle est avancé, dit Vivien. Je pourrais peut-être en profiter. Tu veux bien me déposer au magasin de mes parents ?

Alice l'ignora.

Le chauffeur n'était pas Antoine mais un grand type blond aux cheveux coupés en brosse. Il sourit à Alice.

– Mademoiselle Delaunay, votre père m'a demandé de venir vous chercher.

– Où... où est Antoine ?

– À l'Élysée. Il est réquisitionné pour la visite du président. Il faudra m'indiquer la route de votre appartement.

– Heu... je vais au ministère.

– Ce n'est pas possible. Selon les ordres que j'ai reçus, je dois vous amener chez vous.

– Il faut que je voie mon père. Quelque chose de grave est arrivé.

– Ce jeune homme est avec vous ?

Le chauffeur fixait Vivien. Alice sentit les sanglots monter en elle.

– Non ! Il n'est pas avec moi. Dites-lui de partir !

– Ça va ! répondit Vivien. Je me tire !

Il s'éloigna avec nonchalance. Alice souffla. Le chauffeur s'empara du sac.

– Laissez mon sac !

– Je vais le mettre dans le coffre.

– N'y touchez pas !

– Comme vous voulez.

Le sac se balançait dans la grande main de l'homme. Alice ne voyait pas ses yeux qui la détaillaient derrière les lunettes de soleil. Le sourire disparut.

Alice voulut reprendre le sac mais l'homme s'écarta et ouvrit une portière arrière de la 607.

– Vous feriez mieux de monter.

– Rendez-moi mon sac !

– Vous devriez vous calmer, mademoiselle. Qu'est-ce qui ne va pas ?

– Rien ! Je n'ai rien ! Rendez-moi mon sac et emmenez-moi au ministère.

Elle en aurait pleuré de rage. Pourquoi ce type faisait-il du zèle ? Avec Antoine, il n'y aurait pas eu de problème.

Alice vit qu'il soupesait le sac. Ce chauffeur devait appartenir à la Sécurité. Ces types sont toujours méfiants de nature. À cause de lui, la mission allait échouer !

Alice poussa un cri et se jeta sur le sac. D'instinct, le chauffeur recula. Plus loin, Vivien, arrêté sur le trottoir, observait le manège.

– Excusez-moi, mademoiselle, mais tout cela n'est pas naturel. Je pense que je vais devoir...

Il n'acheva pas sa phrase. D'un geste précis et rapide, et avant même qu'Alice ait pu tenter la moindre riposte, il souleva le rabat.

– Bon Dieu !

Il releva la tête. Ses lunettes étaient de travers maintenant.

– Qu'est-ce que vous vouliez faire avec ça ? souffla-t-il.

– Je ne sais pas... je ne sais pas...

Il lâcha la portière et contourna la 607 en courant. Il s'installa à la place du conducteur et sortit son portable.

Alice n'avait plus son sac. Elle tremblait de tous ses membres. Qu'avait vu le chauffeur ? Il ne devait pas téléphoner ! Sa mère allait mourir. Il ne fallait pas qu'il téléphone ! Il ne fallait pas...

Les autres les surveillaient !

La 607 eut un sursaut infime. La masse du chauffeur bascula sur le côté. Que se passait-il ?

Alice ne pouvait esquisser un geste. Elle n'avait plus conscience de ce qui l'entourait. Ni de l'immobilité du chauffeur ni de Vivien qui revenait vers elle.

– T'as des ennuis ? On dirait que tu vas t'évanouir. Où est ton chauffeur ?

Alice désigna l'intérieur de la voiture. Vivien la contourna à son tour.

Le chauffeur était couché sur le flanc en travers des fauteuils. Sa main inerte serrait toujours son portable. Ses lunettes de soleil gisaient sur le sol. Il avait les yeux ouverts.

– Hé ? Ça ne va pas ? demanda Vivien en le secouant.

C'est alors qu'il vit le trou sombre sur la tempe et le filet de sang qui coulait.

00:44:00

Plusieurs véhicules passèrent rapidement.

Alice ouvrit l'autre porte de la 607. Les deux adolescents, blêmes, se contemplèrent au-dessus du cadavre du chauffeur.

Ils ne comprenaient pas encore vraiment ce qui venait de se passer. Ils ne voyaient que les lunettes tombées, le sang qui filtrait de ce trou et le sac à moitié ouvert révélant un ensemble de tubulures et de réservoirs reliés par des fils électriques.

– On l'a descendu ! lança Vivien. On a descendu ton chauffeur ! C'est incroyable !

Il se rejeta en arrière et observa les alentours. Il n'y avait personne en dehors d'une grand-mère qui promenait son chien sur l'autre trottoir. Les fenêtres des façades semblaient aussi aveugles que celles d'un décor de cinéma.

La sonnerie du téléphone portable d'Alice retentit une nouvelle fois. Elle claqua la porte sur la vision intolérable du cadavre et sortit l'appareil.

– Tu as vu ? demanda la voix masculine. Nous sommes là. Tout près. Tu as perdu trop de temps. Qu'est-ce que tu as bien pu dire à ce type pour l'affoler ? Tu dois réussir ta mission. Tu n'as plus droit à l'erreur. Le guignol t'accompagnera. Nous n'allons pas le tuer pour ne pas mettre le plan en péril. Il reste trop peu de temps. Si tu veux qu'il vive, il doit te suivre. Vous êtes sous surveillance. Tu as compris ? Remonte la vitre de cette satanée bagnole et ferme-la. Va au ministère à pied ou en bus. Dépêche-toi. Tu veux avoir la mort de ta mère sur la conscience, hein ? C'est ce que tu veux ?

La communication fut coupée sans qu'elle ait pu répondre. Alice contourna la 607 et entraîna Vivien.

– Il faut partir ! Vite !

– Mais...

– Prends le sac ! ordonna Alice d'un ton sans réplique.

Vivien se retrouvait lui aussi embarqué dans une histoire qui le dépassait. Une balle pouvait, à tout instant, venir fracasser leur tempe comme celle du chauffeur.

Vivien se pencha et saisit le sac coincé près du levier de vitesse. Ses doigts crochèrent dans un amas de fils électriques et tirèrent sans ménagement. Quand il ramena le sac à lui, il aperçut des chiffres fluorescents qui s'affichaient sur un petit cadran scotché le long d'un réservoir en plastique rouge. Les chiffres clignotèrent. Vivien lut…

00:40:00

– Prends les clés ! Je t'en prie Vivien ! Prends les clés et remonte la vitre du chauffeur. Il ne faut pas que quelqu'un le voie avant… avant de…

Tel un automate, Vivien obéit une nouvelle fois à Alice. La vitre remonta avec un chuintement. Vivien ôta les clés du tableau de bord et claqua la porte sur le cadavre écroulé.

La 607 était devenue cercueil. Le cadavre était dissimulé par les vitres teintées et personne ne se rendrait compte de sa présence.

– Tu sais ce que tu transportes ? chuchota Vivien.

Alice détourna les yeux et serra le lien avant de fermer le rabat et de jeter le sac sur son dos. Elle répondit :

– Tu dois venir avec moi.

– Où ?

– Au ministère !

– Explique-moi ! Bon Dieu, explique-moi, Alice ! Je ne comprends pas…

– Ils vont tuer ma mère, Vivien. Je suis la seule à pouvoir la sauver en transportant ce sac à destination. Le chauffeur a deviné et il… Oh ! Vivien ! Aide-moi !

– Tu as vu les chiffres lumineux ? Et cet attirail de fou ? À ton avis, qu'est-ce que c'est ?

– Je ne sais pas ! Je ne veux pas le savoir ! Viens !

– Je vais te dire, moi, à quoi cela me fait penser…

– Tais-toi ! Ne dis rien ! Ma mère…

– Alice, tu transportes une bombe !

00:38:00

Ils marchaient vite sans voir les gens qu'ils croisaient. Les vitrines défilaient. Les vendeuses trompaient leur ennui en bavardant dans le fond des magasins. Il y avait peu de voitures. L'air était chaud. Ils se déplaçaient comme dans un mauvais rêve. Le cadavre du chauffeur était loin derrière eux maintenant. Cet homme avait souri au soleil derrière ses lunettes avant de fumer sa dernière cigarette. Il avait parlé à Alice et soudain… D'une balle tirée grâce à un silencieux, la mort l'avait frappé en traître. Qui tenait cette arme ? Qui s'était donné ainsi le pouvoir de vie et de mort sur un innocent ?

Vivien Wells, malgré ses grandes jambes, avait du mal à suivre le rythme d'Alice. Il haletait.

– C'est dingue ! Arrête ! Tu ne vas pas porter une bombe au ministère ?

– Si, ils me l'ont ordonné ! Je le fais. Je ne veux pas que ma mère meure.

– Mais ton père ? Tu veux le tuer ?

– Je lui dirai de partir. C'est le bureau qui les intéresse. Pas mon père. Ils s'en fichent. Ma mère, aussi, ils s'en fichent.

– Et de toi, et du chauffeur...

– Et de toi aussi, si tu veux savoir ! Ils me l'ont dit au téléphone. Ils te tueront si tu n'obéis pas.

Vivien pâlit :

– Je n'ai rien à voir dans cette histoire. Ce sont des terroristes, Alice ! La bombe peut exploser n'importe quand.

– Il y a un système de mise à feu avec un compte à rebours. Je n'avais qu'une heure et demie et il me reste...

00:36:00

– Je dois le faire ! répéta Alice après avoir observé sa montre.

– Non ! Impossible, tu ne peux pas ! cria Vivien en saisissant l'une des courroies du sac qui se balançait. Tu vas tuer des personnes innocentes.

– Il ne faut pas s'arrêter.

Vivien regarda derrière lui.

– On ne doit jamais céder à des terroristes. Ce qu'ils veulent, c'est tuer, encore et encore.

– Lâche mon sac !

– Écrase, Alice. Voici ce qu'on va faire : on va au commissariat et on leur raconte tout. Ils ont des démineurs.

– Ils t'épient, Vivien. S'ils t'ont laissé la vie sauve, c'est qu'ils le veulent bien. Tu comprends ? Ils auraient pu te tuer comme le chauffeur !

La bouche d'Alice se ferma telle un clapet. Vivien pensa à ses parents. Alice avait raison. Le chauffeur avait été frappé au bon moment et au bon endroit. Et la voiture cachait le crime. Il n'y avait pas d'autre témoin à part Vivien. Alice aurait-elle poursuivi son objectif s'il avait été tué lui aussi ? Voilà pourquoi Vivien était encore en vie. Il avait été condamné à devenir complice !

Il lâcha le sac.

Alice reprit sa course. Vivien la rattrapa.

– Arrête ! Écoute-moi. Ils ne te laisseront pas entrer au ministère ! Ils ont des services de sécurité.

– J'ai l'habitude. Ils me connaissent là-bas. Je viens souvent voir mon père à son bureau. C'est pour cela que ces types m'ont choisie. Ils ont dit que j'étais un véhicule ! Tu comprends ? Personne ne se méfie de moi.

Au fur et à mesure qu'ils approchaient du ministère, les passants devenaient plus nombreux. Des policiers gardaient les carrefours. Il y avait des cars blancs et une brigade de C.R.S.

Un poids énorme comprimait la poitrine de Vivien. Aurait-il le courage d'affronter la menace qui pesait sur lui ? Et Alice, aveuglée par son désir de sauver sa mère, pouvait-elle s'en tirer ? C'était à lui d'agir ! Il fallait courir vers un policier et tout lui raconter. Il fallait forcer Alice à s'arrêter, la jeter dans les bras de la police, la faire enfermer.

Mais comment s'y prendre ? Où se trouvait le commissariat le plus proche ? Vivien devrait-il tirer Alice par les cheveux pour qu'elle avoue ? Le temps passait si vite. Trop vite pour être stoppé.

Il regarda sa montre.

00:32:00

Il ne restait plus qu'une demi-heure.

Les passants les croisaient sans se douter que la mort était tapie dans leur sac. Vivien ne reconnaissait plus la timide Alice dans la fille qui marchait nerveusement à ses côtés. Ses mèches blondes étaient collées par la sueur sur son visage. Elle gardait les yeux écarquillés comme si elle était dans un état second. Rien ne pouvait l'arrêter. La peur la guidait.

– ... président, dit une voix près de Vivien, échappée d'un attroupement de personnes massées sur le bord du trottoir.

Il y eut des coups de sifflet et des policiers se mirent à agiter les bras et à parler dans des talkies-walkies. Plusieurs voitures noires foncèrent dans la rue. Des motards les précédaient.

– C'est le cortège. Ils vont au ministère de l'Intérieur, souffla Vivien.

Alice s'exclama :

– Le président ! Mon père m'en a parlé au téléphone ! C'est pour cela qu'Antoine n'est pas venu… Il fait partie des conducteurs du cortège.

– On ne doit pas continuer.

– Pense à ma mère… Elle va mourir !

– Alice ! Voilà pourquoi ils t'envoient au ministère ! C'est le président qui les intéresse !

Alice s'arrêta :

– Le président ?

Vivien la secoua :

– Le bureau de ton père a été choisi parce qu'il doit occuper une place stratégique.

– Il est juste sous celui du ministre.

– Et c'est là que le président se rend ! Ces types sont au courant de cette réunion.

– Ils m'ont dit…

Alice s'interrompit. Le groupe murmurant les dépassa. Vivien sentit un goût désagréable dans sa bouche. La circulation reprenait un rythme normal après le passage des voitures officielles. Vivien baissa la voix :

– Je comprends ! Voilà le but de ta satanée mission, tuer le président !

00:27:00

Ils approchaient du ministère. Alice ralentit le pas, elle marchait sur le bord du trottoir. Vivien à ses côtés tentait encore de la convaincre. Mais il avait l'impression de parler à un mur. Fallait-il condamner sa mère pour sauver le président, un ministre et quelques fonctionnaires ?

« Une vie contre une dizaine d'autres », pensa Vivien.

Son choix était fait. Celui d'Alice aussi.

Ce n'était pas le même…

Ils entendirent un bruit de moto sans y prendre garde. Elle arriva derrière eux, chevauchée par deux hommes casqués. Le conducteur braqua violemment et la moto sauta sur le trottoir. Elle accéléra, le passager tendit le bras et s'empara du sac d'Alice.

La jeune fille crut qu'on lui arrachait les épaules. Ses bras furent brutalement tirés en arrière et elle sentit son fardeau s'envoler. La moto regagna la route et, se faufilant entre deux voitures garées, traversa en diagonale pour reprendre le bon sens de la circulation.

Alice hurla. La douleur irradiait ses épaules meurtries. Vivien amorça une poursuite. Mais les voleurs s'éloignaient, emportant le sac.

C'était fichu ! Les pensées de Vivien se carambolèrent. La bombe venait d'être volée ! Elle exploserait ailleurs, et les terroristes qui surveillaient son parcours tueraient la mère d'Alice.

Vivien suivit la moto des yeux. Le sac fut calé entre les deux hommes...

Soudain, le passager bascula en arrière et tomba. Une voiture pila. Des freins hurlèrent. Le conducteur de la moto fut projeté en avant et roula sur le sol comme un pantin désarticulé. La moto dérapa, se coucha dans une gerbe d'étincelles et se fracassa contre une camionnette.

– Viens ! cria Alice en agrippant son compagnon.

Plusieurs voitures s'arrêtèrent immédiatement. Des gens sortirent des véhicules et des immeubles voisins. Le pilote de la moto se releva aussitôt et s'enfuit en se tenant le bras.

Le cercle des témoins se resserra lentement autour du passager, toujours allongé sur la route. La moto fumait.

Alice courut vers le sac et le reprit.

– Hé ! cria une femme en imperméable. Qu'est-ce que vous faites ?

– C'est mon sac ! Ces types me l'ont arraché !

La femme toisa Alice.

– Vous devez rester ici. Vous êtes témoin.

Elle porta son attention vers l'homme couché à terre. La tête casquée remuait faiblement.

– C'est grave ? demanda un vieux. Vous avez vu ? L'autre est parti sans demander son reste.

Un gros homme se précipita, s'agenouilla près du blessé et l'examina. Il releva la tête, balayant la foule du regard.

– Alors ? reprit le vieux. Vous ne croyez pas qu'on devrait lui enlever le casque ?

– Regardez ! Il saigne ! s'écria une femme.

– Il est blessé à l'épaule, répondit le gros homme. On dirait un impact de...

– Quelqu'un a appelé une ambulance ?

Alice recula. La femme en imperméable se tordait le cou pour voir le corps.

Le gros homme prit le pouls du blessé en appuyant sur sa gorge. Personne ne distinguait le visage caché derrière l'écran de plastique fumé du casque intégral. Le gros homme arrêta son examen. Le blessé se mit à geindre.

Un épais silence s'établit sur le groupe de badauds qui gonflait à vue d'œil. La femme en imperméable ne surveillait plus Alice. Un jeune homme en costume-cravate traversa la rue et se précipita dans un café. Alice, serrant son sac contre elle, fit un pas de côté, puis un autre et un autre encore. Elle s'écarta de l'agitation et se faufila entre des voitures qui ralentissaient et stoppaient d'une façon anarchique.

Vivien ne l'avait pas vue. Alice avait décidé de continuer seule.

00:21:00

– C'est bien ce que je pensais, dit le gros homme. On lui a tiré dessus.

– Ce n'est pas possible !

– Un tireur fou ?

Les gens jetèrent des regards inquiets autour d'eux, des murmures s'élevèrent. Dans moins d'une minute, comme une traînée de poudre, la panique enflammerait tout le quartier.

Vivien s'écarta. Pourquoi la bombe n'avait-elle pas explosé quand les voleurs étaient tombés ? Elle devait être perfectionnée et ne se déclencher que grâce au compte à rebours du détonateur.

Qui avait tiré sur ce motard ?

Vivien dut jouer des coudes pour sortir de la cohue. Où était Alice ?

Il eut juste le temps de la voir obliquer dans une petite rue, à une cinquantaine de mètres.

Elle en profitait pour filer ! La colère le fouetta. Il s'élança comme un fou.

En atteignant le carrefour, il pensa quand même à regarder derrière lui, afin de voir si son manège et celui d'Alice avaient attiré l'attention d'un témoin. Cette femme en imperméable, par exemple, les avait repérés. Elle raconterait à la police ce qu'ils lui avaient dit. Elle répéterait que la jeune fille avait repris le sac volé. Elle...

Vivien ne vit personne sortir du groupe. Aucune main ne le désigna, aucun cri ne retentit. Il reprit sa course. Personne ne s'élançait à leur poursuite. Cette histoire de moto et de vol n'avait plus d'importance désormais. Le temps que les policiers effectuent les recherches, tout serait fini. Il ne restait que...

00:20:00

– Attends ! lança Vivien.

Essoufflé, il parvint à la hauteur d'Alice et lui posa une main sur l'épaule.

Elle secoua la tête et remonta son sac qu'une large éraflure striait sur toute la longueur.

– En tombant, ils auraient pu sauter avec la bombe, dit Vivien.

– Ils ont failli tout compromettre ! répondit Alice.

– Quelqu'un a tiré sur ces types ! Tu t'en rends compte ? Comme sur ton chauffeur !

– Ils nous suivent.

– Qui ?

– Les terroristes ! Ils me l'ont dit au téléphone. Vivien ! Ils nous suivent et on ne les voit pas !

Elle s'arrêta dans le renfoncement d'une porte cochère et, brusquement, se mit à sangloter contre l'épaule de Vivien.

Le garçon avala péniblement sa salive. Il avait l'impression d'être un gibier en sursis.

Alice reprit ses esprits. Elle repoussa Vivien et se mit à courir. Il la rattrapa et la coinça dans une impasse pleine de poubelles.

– Arrête ! Tu es dingue !

– Lâche-moi ! Je sais ce que je dois faire. Tu ne vois donc pas que les gens sont en danger avec moi ? Ils m'ont dit au téléphone que tu devais me suivre. Jusqu'au bout ! Mais là, il fallait me laisser filer ! Tu étais protégé par ce groupe de témoins autour de la moto. Pourquoi m'as-tu suivie ? Tu n'as rien à voir avec mon histoire. Va-t'en !

– Jamais ils n'oseront nous tuer comme ça, dans la rue !

– Si tu m'aimes un peu, fais ce que je te demande. Tu as entendu ce que l'homme a dit près du motard ? Il a parlé d'impact. C'est donc une balle qui l'a blessé ! Une balle, tu comprends ? Ils sont là ! Mais c'est moi qu'ils suivent, pas toi.

Pendant un bref instant, ils se serrèrent l'un contre l'autre. Un sentiment inconnu naquit en eux.

– Va-t'en, s'il te plaît, prononcèrent les lèvres d'Alice.

La lumière qui les baignait fut soudain occultée. Vivien jeta un regard par-dessus son épaule. Un homme les avait suivis dans l'impasse. Il portait un imperméable et un foulard autour du cou. Il s'immobilisa et fixa les adolescents.

Alice s'accrocha à Vivien.

L'homme s'avança. Il gardait la main droite enfoncée dans la poche de son imperméable. Ils virent son regard dur, sa bouche mince.

Vivien crut sa dernière heure arrivée. Ses yeux cherchaient une issue mais la silhouette et une rangée de poubelles bloquaient le passage.

Un concert de sirènes s'éleva. Une voiture de police et une ambulance du SAMU passèrent en un éclair dans la rue. L'homme ne tourna pas la tête. Il fit encore quelques pas dans leur direction. Le pan de l'imperméable glissa. La doublure était décousue. La main apparut, braquant sur eux un pistolet allongé d'un silencieux.

Vivien et Alice retenaient leur souffle. Ils étaient perdus !

– Pas d'histoire, dit l'homme. Reprenez votre chemin. Je vous suis.

Il agita son arme. Vivien passa un bras autour des épaules d'Alice. Ils obéirent. Quand ils croisèrent l'homme dans l'étroite impasse pour regagner la rue, ils eurent l'impression de passer à côté d'une statue.

Ils débouchèrent sur le trottoir, sans oser se retourner.

De toute façon, ils savaient que l'homme était derrière eux. La mort les accompagnait.

Jusqu'où ?

00:18:00

Le ministère de l'Intérieur !

La façade austère se dressa devant eux. Alice serrait la main de Vivien.

– On ne va pas utiliser l'entrée officielle, murmura-t-elle. Je ne passe jamais par là quand je viens voir mon père. Il y a une petite porte réservée au personnel. La surveillance y est allégée. Un ou deux flics au maximum. Ils me connaissent.

Un grand froid enveloppa Vivien.

« Ils ont bien fait de lui confier cette terrible mission, pensa-t-il. Elle est prête à tout. Et elle connaît parfaitement les lieux. »

Deux policiers étaient de faction sur le trottoir. Alice les salua rapidement. Ils ne prirent pas garde à elle ni à son compagnon. Alice poussa le panneau de la porte d'entrée et ils pénétrèrent dans les locaux.

L'homme armé qui les suivait ne pourrait jamais s'y introduire ! Vivien poussa un soupir de soulagement. Ils approchaient de la fin. Il observa Alice à la dérobée. Les yeux de la jeune fille ressemblaient à deux billes de verre.

Le hall était vide. Un escalier s'élevait dans le fond. À l'intérieur d'une grande cabine vitrée, un policier en uniforme consultait des notes. Il releva les yeux et tira un panneau à hauteur de sa tête pour que les visiteurs puissent l'entendre.

– Bonjour mademoiselle Delaunay ! Vous voulez voir votre père ? Je crains bien qu'il ne soit réquisitionné pour la venue du président. Vous voulez peut-être l'attendre dans son bureau ?

Alice hocha la tête sans desserrer les dents.

Vivien contempla le policier. Il avait un bon gros visage large et solide et parlait avec l'accent chantant du Midi. Il leur souriait, il leur faisait confiance.

S'il avait su...

Vivien frissonna. Il vit deux caméras vidéo placées aux coins opposés du hall. Un portique de détection avait été fixé dans l'axe de l'escalier. Les deux pans d'acier mat tranchaient dans la vieillerie ambiante comme une œuvre d'art moderne.

Le policier se leva, ouvrit la porte de sa cabine et sortit. Derrière lui, dans la petite pièce vitrée, la lueur bleutée des moniteurs vidéo éclairait une table.

L'homme arborait un gros ventre qui débordait de son pantalon. Des clés et une arme pendaient à sa ceinture.

Son sourire ne faiblissait pas. Il conduisit Alice jusqu'à l'escalier. Elle s'arrêta, indécise, car elle devait passer le portique.

– Vous connaissez le chemin. Allez-y. Je dois rester ici. Pas de problème, déclara le policier.

Vivien suivait. La gorge sèche, il ne quittait pas des yeux le sac d'Alice. Il ne savait pas comment cela finirait.

La bombe ne pouvait que provoquer le déclenchement de l'alarme ! Le flic fouillerait le sac d'Alice et découvrirait...

Alice fit volte-face et souffla à voix basse :

– Tu m'attends ici, Vivien.

– Mais...

– Je sais ce que je dois faire. Je peux me débrouiller seule maintenant. Pars ! Je n'ai plus besoin de toi. On se retrouvera... bientôt.

Elle avança entre les deux pans du détecteur. Aussitôt les lumières rouges clignotèrent tandis que retentissait l'alarme.

Vivien cessa de respirer. Alice se figea.

– J'ai un téléphone portable sur moi, dit-elle.

Le policier coupa le contact.

– Ça se déclenche pour un rien, ces satanées machines ! Allez-y. Il n'y a pas de problème.

La sueur couvrait le front d'Alice.

– Je t'accompagne, lança Vivien en franchissant le portique à son tour.

Le policier leur souriait toujours.

« Il va sortir son arme, pensa Vivien. Il va téléphoner à la Sécurité. Nous ne dépasserons jamais le premier étage. »

Mais être la fille d'un haut fonctionnaire semblait gommer n'importe quel barrage.

Ils étaient dans la place.

00:15:00

En gravissant l'escalier au pas de course, Alice prit la parole :

– Pourquoi me suis-tu ? Tu ne veux pas mourir, n'est-ce pas ?

– Et toi ?

Alice ne répondit pas. Vivien repoussa ses cheveux en arrière :

– Tu n'as pas le droit de faire cela.

– Je n'ai pas le choix. Je t'avais dit de rester en bas.

– Et je serais tranquillement reparti chez moi, comme si de rien n'était ? Tu vas commettre un attentat et je dois me taire ? Attends !

Comme Alice ne réagissait pas, Vivien la saisit par les épaules.

– Laisse-moi !

– Quand tu as pleuré tout à l'heure, j'aurais pu…

– Qu'est-ce que tu aurais fait ? Tu ne pouvais rien tenter ! L'autre type était là, avec son pistolet...

– Il n'y a plus de danger ici.

Alice éclata :

– Pauvre crétin ! Je suis coincée, tu ne le comprends pas ? Ils ont tout prévu.

– Ce n'est pas vrai.

– Lâche-moi, je t'ai dit !

– Non. On va redescendre et s'expliquer avec ce flic. Il nous reste encore un peu de temps avant de...

– Décroche tes sales pattes !

Alice voulut échapper à son étreinte mais Vivien tint bon. Ses yeux étincelaient.

– J'en ai assez ! lança-t-il. Je ne vais pas te suivre comme un petit chien. Ils t'ont raconté des histoires. Ta mère ne sera pas tuée.

Alice se dégagea.

Vivien découvrit à ce moment que l'œil froid d'une caméra vidéo suivait leurs mouvements. Était-elle reliée à la cabine du policier en faction dans le hall ?

Qui pouvait les voir ?

Vivien se dit qu'il fallait saisir l'occasion. S'il retenait suffisamment Alice dans cet escalier, il était sûr que le surveillant placé devant l'écran de contrôle les repérerait. Il leva donc les bras et s'accrocha à Alice. La caméra allait-elle faire son boulot d'espion ? Alice se retint à la rampe. Son visage devint rouge. Elle gifla Vivien.

La violence du coup le projeta contre le mur.

Alice escalada aussitôt les dernières marches. Les yeux pleins de larmes, Vivien ravala sa colère et se lança à sa poursuite.

Il parvint à un palier où une gigantesque plante en pot dépérissait sous une verrière poussiéreuse.

Alice venait d'obliquer à droite. Vivien aperçut, au bout du couloir opposé, une femme qui se tenait devant une machine à café. Il courut derrière Alice.

Un homme vêtu d'un costume clair apparut près d'une porte. Il écarta les bras, bloquant le passage.

– Où allez-vous ?

– Dans le bureau de M. Delaunay. Je suis sa fille. Je dois lui dire quelque chose d'important.

– M. Delaunay n'est pas disponible. Comment êtes-vous entrée ?

Il regardait le sac.

Alice leva le visage. L'homme était brun et portait de petites lunettes rouges. Sa carrure était impressionnante sous la veste.

Vivien parvint à la hauteur d'Alice et s'arrêta à son tour.

– Qui êtes-vous ? interrogea l'homme en foudroyant le garçon du regard.

– C'est un ami. Il est avec moi, précisa Alice. Je vous en prie ! Je n'en ai que pour une minute. Laissez-moi aller dans son bureau.

– Votre père travaille.

– Je dois lui donner un message.

Le visage de l'homme se ferma. Ses yeux bleu pâle allaient d'Alice à Vivien :

– Vous vous croyez dans un moulin ? Avez-vous une autorisation signée de la Sécurité ?

– Non... non, je viens souvent ici.

– Et votre copain aussi ?

Alice voulut contourner l'homme mais il se déplaça et appuya sa main contre le mur.

– Inutile d'insister. Je vous reconduis en bas.

– Vous n'avez pas le droit.

– Suivez-moi.

– Non ! On n'a plus le temps !

– Je vous ai demandé de me suivre. Il y a une réunion avec le président. Et votre père doit y participer.

L'homme, instinctivement, leva les yeux vers le plafond.

À l'étage supérieur, la grande conférence devait avoir débuté. C'est pour cela que les couloirs étaient presque déserts.

Vivien se rangea à l'avis de l'homme :

– Viens, Alice.

Sa respiration sifflait. C'est d'une toute petite voix qu'elle demanda :

– Mon père est là-haut ? Avec le président ?

L'homme soupira et décolla sa main du mur.

– Venez, répéta-t-il.

Alice hésita. Elle ne savait plus ce qu'elle devait faire.

En un instant, ses convictions avaient volé en éclats. Devait-elle obéir ou se débrouiller pour poser son sac dans le bureau ?

Lequel de ses parents serait condamné ?

00:11:00

L'homme de la Sécurité était un professionnel. Il se méfiait des moindres gestes de ses interlocuteurs. Il décrocha le sac du dos d'Alice et voulut s'en emparer mais la jeune fille le serra sur son ventre. L'homme abandonna son idée de fouiller le sac et poussa les deux adolescents devant lui. Ses grands bras musclés n'avaient qu'à se tendre pour les cueillir en cas de fuite.

Ils arrivèrent sur le palier. Au fond du couloir de droite, la femme qui se tenait devant la machine à café avait disparu.

– Descendez, commanda l'homme.

Alice marchait la tête basse. Elle pleurait.

Vivien ne disait rien. Son cœur battait la chamade. Lui qui avait voulu avertir les autorités grâce à la caméra vidéo et convaincre son amie de sa folie voyait apparaître un allié surprise.

Vivien aurait pu crier victoire. Ce garde ne se laisserait pas faire. La bombe serait désamorcée...

Quoi qu'il arrive, Alice ne pourrait jamais accuser Vivien de la mort de sa mère ! Et il avait tout tenté pour l'aider.

Qu'allait-il se passer en bas ? Combien de temps restait-il ? Vivien n'osa pas consulter sa montre. La peur le tenaillait.

Alice descendait devant lui en se tenant à la rampe.

Brusquement, alors qu'ils atteignaient un palier intermédiaire, Alice se tordit le pied et s'écroula sur le sol. L'homme se précipita vers elle. Mais, profitant de sa surprise, Alice lui envoya un coup de poing dans la figure qui fit sauter ses lunettes. Souple comme une anguille, elle se faufila sous son bras pour remonter les marches quatre à quatre.

– Alice ! Non ! hurla Vivien.

L'homme ne perdit pas un instant. D'un bond, il se précipita derrière l'adolescente.

Elle courait, son sac bringuebalant contre ses jambes. En une incroyable détente, il se jeta en avant et la plaqua au sol. Alice tomba comme une masse sous le corps de l'homme.

– Pas d'histoire, ma petite. Tu peux être certaine que je rédigerai un rapport. Et si ton père te soutient, il se fera remonter les bretelles ! Viens par là.

Il l'attrapa durement par une épaule et l'entraîna une nouvelle fois dans la descente. Alice ne réagissait plus. Sa tête dodelinait, ses cheveux balayaient ses joues. Mais elle tenait toujours son sac d'une main ferme.

Vivien les attendait sur le palier. Alice remarqua alors son visage blanc et tiré par l'angoisse. Une énorme boule lui obstrua la gorge et elle se jeta dans ses bras.

– Ça suffit, aboya l'homme. Descendez !

Il les bouscula. Vivien entraîna Alice. Il venait de lui prendre la main. Elle était brûlante. Elle tremblait.

Vivien observa de côté le visage buté. Alice descendait les marches d'une façon mécanique. Comme un bon petit soldat. Pourquoi avait-elle voulu remonter ? Ne se rendait-elle pas compte que la mission était finie ?

Quand ils débouchèrent dans le hall d'entrée, le policier se dressa dans la cabine, sourcils froncés.

L'homme de la Sécurité les fit passer entre les panneaux du portique de détection. La sonnerie retentit aussitôt et les voyants lumineux fixés de chaque côté se mirent une nouvelle fois à clignoter.

– Qu'est-ce que... commença-t-il.

Il avança à son tour. Le policier ouvrit la porte de la cabine et courut jusqu'à eux.

– Vous avez laissé passer des étrangers ? Vous ne les avez pas fouillés ? Pourquoi le système se déclenche-t-il ? hurla l'homme en costume.

– C'est la fille de Delaunay et…

Le policier coupa le contact et se mit au garde-à-vous. Les lumières clignotantes s'arrêtèrent.

– Je vais prendre votre nom et faire un rapport. Les types comme vous sont dangereux, reprit l'homme de la Sécurité fulminant de rage.

– Mais…

– Taisez-vous ! Et ils sont deux, en plus ! Vous n'avez rien fait malgré l'alarme ?

– Non.

– Et vous l'avez débranchée ?

– Oui. Ce ne sont que des enfants.

– Ce n'est pas une raison ! Fouillez-les immédiatement et voyez ce qui cloche.

Il projeta Alice et Vivien vers le policier.

Le groupe se dirigea vers la cabine.

00:09:00

Quand ils furent tous entrés, le policier tira une clé de sa poche et ferma la porte derrière lui. Il descendit un store sur la grande vitre.

– Qu'est-ce que vous faites ? lança l'homme de la Sécurité qui avait déjà saisi le téléphone.

– Pour la fouille, c'est plus discret.

L'homme resta un instant figé avec le combiné en l'air :

– Bon Dieu ! Quel est le numéro de Delaunay ?

Il attrapa un gros calepin qui recensait les numéros de postes du ministère et le feuilleta nerveusement.

Alice et Vivien se tenaient debout au milieu de la cabine.

Le gros policier semblait à l'étroit dans son uniforme. Son cou avait rougi et gonflé. Son visage aimable avait changé. De la sueur luisait sur ses joues et son front. Il regarda sa montre.

– Qu'est-ce que vous attendez pour les fouiller ? cria le garde de la Sécurité. Ah ! Voilà le numéro !

Il pianota sur le cadran du téléphone. Le policier vint se placer à côté de lui.

– N'appelez pas, murmura-t-il.

– Qu'est-ce que vous dites ?

– Je vous dis de ne pas appeler.

Sa grosse main se plaqua sur les touches du téléphone.

– Enlevez votre main de là ! hurla l'homme de la Sécurité.

– Non.

De vilaines marbrures apparurent sur les joues du policier. Il regarda une pendule électronique placée dans le fond de la cabine et arracha le combiné des mains de l'autre.

– Qu'est-ce que... qu'est-ce que vous faites ?

– Vous le voyez bien.

Les deux adolescents s'aperçurent alors que le policier avait sorti son arme de son étui.

00:07:00

L'homme de la Sécurité fit un pas en arrière, le regard fixé sur l'arme.

– C'est vous qui m'y obligez ! dit le policier d'une voix méconnaissable. Tout se serait bien passé sans votre zèle stupide ! Ouvrez la porte du placard qui se trouve derrière vous !

– Non...

– Ouvrez-la !

L'homme tâtonna dans son dos à la recherche de la poignée. Il la trouva et la tourna. Il s'avança pour que le battant puisse s'ouvrir. Le policier fut sur lui en un bond. Il souleva sa veste, le fouilla prestement et le poussa dans le réduit.

Alice pensa que c'était le moment de s'enfuir. Elle n'en eut pas le temps. Elle se pétrifia.

Une détonation venait de retentir.

00:06:00

Le policier se retourna, son pistolet à la main, canon vers le sol. Il regarda une nouvelle fois la pendule.

– Imbécile ! murmura-t-il.

Une odeur de poudre envahissait la cabine. Le policier referma le placard derrière lui d'un violent coup de pied.

Vivien et Alice se plaquèrent contre le mur opposé, serrés l'un contre l'autre.

Ce type allait les tuer ! C'est pour cela qu'il avait baissé les stores. Pas pour la fouille.

L'homme saisit le combiné du téléphone qui se balançait toujours au bout de son fil tire-bouchonné et le replaça posément. Puis, il fixa les deux adolescents.

Ce n'était plus le fonctionnaire jovial de tout à l'heure. Ses sourcils barraient son front d'une ligne épaisse et noire qui accentuait son regard méfiant.

– Toi, la fille. Tu y retournes immédiatement. Tu sais ce qu'il faut faire.

Vivien et Alice comprirent alors que ce policier appartenait à la bande des terroristes. C'était lui leur contact au ministère ! Lui, qui devait prendre le relais de l'homme qui les avait suivis dans la rue ! Ainsi, la facilité avec laquelle ils étaient entrés s'expliquait. Il était là pour leur ouvrir le passage. Sans l'intervention de l'homme de la Sécurité, tout aurait été joué désormais.

Alice ne fit pas un mouvement.

Le téléphone portable se mit à sonner dans sa poche.

– Ne bouge pas, commanda le policier.

Il s'avança à grands pas, souleva la chemise d'Alice et extirpa le portable. Il les tenait toujours en joue.

Vivien sentit une forte odeur de sueur. Il en eut la nausée. Le policier porta l'appareil à son oreille :

– C'est moi, annonça-t-il simplement. J'ai la situation en main… Oui… Elle y va. Oui. Il est là-haut. Pas de problème, on est dans les temps. Oui… je garde le garçon.

Vivien sentit ses muscles fondre sous le regard de l'homme.

Il allait le garder !

– Non, il vient avec moi, murmura Alice.

L'homme ignora les paroles d'Alice. Il ne lui rendit pas le portable mais le posa sur son bureau.

– C'est le moment. Vas-y et ne fais pas d'histoires. Ton copain reste avec moi. Je dois me tenir ici jusqu'au dernier moment pour surveiller. Tu as une mission. Exécute les ordres.

– Mais je…

– Vas-y !

– Je vous en prie ! Ne faites rien à Vivien !

– Il ne lui arrivera rien si tu montes. Ta mère non plus n'aura rien.

Il détourna les yeux vers la pendule. Alice se détacha du mur. Le policier saisit la clé qui pendait au trousseau de sa ceinture et la planta dans la serrure.

– Le système n'est pas rebranché. Ne traîne pas, sinon…

Il ouvrit la porte, saisit Alice par l'épaule et l'obligea à sortir de la cabine.

Quand elle fut dans le hall, il se retourna vers Vivien.

00:05:00

Ils se dévisagèrent comme un chasseur et sa proie. Vivien se laissa glisser le long du mur.

– Ne me tuez pas.

– Je ne te tuerai pas. Viens par là.

Comme Vivien ne bougeait pas, le policier s'avança et le releva.

– Je dois ouvrir les stores. Tu vas rejoindre l'autre imbécile pour plus de sûreté.

– Non !

– Il n'y a pas d'autre solution. Ta copine a intérêt à bien faire son travail.

Vivien se débattit mais l'homme avait la force pour lui. Sans lâcher son arme, il le ceintura et le traîna vers le placard qu'il ouvrit.

Avant d'y être projeté, l'adolescent eut le temps de voir l'homme de la Sécurité écroulé dans le fond.

Il tomba sur le corps. La porte claqua, le plongeant dans l'obscurité et l'horreur.

00:04:00

Alice ne pouvait plus penser. Elle devait agir. Elle se retrouva sur le palier supérieur et observa le couloir opposé. Il était désert. Elle marcha en ignorant les caméras. Personne ne lui barra la route. Elle priait pour que la visite du président, à l'étage supérieur, monopolise le personnel de sécurité. Il le fallait absolument, sinon…

Son sac pesait contre elle. Les terroristes la tenaient. Des vies dépendaient de l'exécution de sa mission.

Elle prit le couloir qui conduisait au bureau de son père. Elle marchait rapidement en s'efforçant de ne pas courir. Un autre garde pouvait débouler devant elle…

Les portes fermées défilaient de chaque côté. Ses pas étaient silencieux, amortis par la vieille moquette qui couvrait le plancher. Elle se rapprochait du but.

Elle parvint au bout du couloir. Une banquette et une table basse couverte de revues militaires tenaient lieu de mobilier de salle d'attente. Elle les dépassa et s'arrêta devant la porte du bureau de son père.

00:03:00

Le placard était étroit. Vivien se releva et trébucha de nouveau sur les jambes de l'homme recroquevillé à l'intérieur. Vivien était enfermé avec un cadavre !

Il aurait voulu hurler et frapper sur la porte à coups redoublés. Mais, en même temps, un reste de prudence lui commandait de se faire oublier, de ne pas attirer l'attention. Derrière la porte, le policier veillait, son gros poing posé sur la crosse du pistolet, prêt à intervenir et à le faire taire définitivement.

Jusque-là, Vivien avait retenu sa respiration mais il n'en pouvait plus. Il commença à aspirer l'air à petites bouffées.

00:02:00

Alice posa la main sur la poignée et appuya. La porte s'ouvrit sur le bureau gris de son père. La jeune fille entra, le cœur battant. Là-bas, dans l'appartement miteux, les ravisseurs qui suivaient le chemin du sac sur leur écran devaient se frotter les mains.

Elle était parvenue à destination.

00:01:00

– Ça y est ! Elle est dans le bureau ! lança l'homme blond.

Le moustachu le rejoignit. Pour plus de précautions, il ferma la porte de la chambre où gisait la femme ligotée sur le lit. L'heure approchait.

Bientôt, leur groupe frapperait un grand coup en se débarrassant du président et de quelques ministres.

Ils se penchèrent vers l'écran de contrôle. Le point lumineux clignotait dans le bon rectangle du plan.

Agathe soupira de soulagement quand elle vit la porte de la chambre se fermer. Ils n'avaient pas remarqué qu'à force de tirer sur ses liens, elle était parvenue à desserrer celui qui lui emprisonnait le poignet droit.

Elle avait les lèvres presque en sang à force de les mordre. Elle tordit son poignet.

La douleur fut affreuse. Elle sentit la corde entailler sa peau et mettre sa chair à vif.

Mais elle continua, étouffant ses cris, les yeux braqués sur le faux plafond de la chambre.

00:00:57

Les crampes tenaillaient Vivien. Il allait hurler. Il ne devait pas. Le corps bougea à côté de lui. Vivien sursauta en entendant un gémissement. L'homme n'était pas mort !

00:00:54

Voilà, Alice était dans la pièce. Elle arrivait au but. Elle serra le sac contre elle et s'avança jusqu'au milieu du bureau.

– Qu'est-ce que tu fais là ?

Alice pivota sur ses talons.

Debout devant une armoire, un dossier à la main, son père la fixait.

00:00:53

Tenir. Se libérer. Agathe glissa son poignet hors de l'étau du lien. Elle arracha son bâillon. Son poignet la brûlait tant qu'elle le lécha ainsi que l'aurait fait un chien. Sa salive lui procura un bien immense. Vite, sa main, comme mue par une vie propre, se jeta sur l'autre lien et s'énerva à desserrer le nœud.

00:00:52

Vivien s'agenouilla près de l'homme de la Sécurité. Dans le noir, il toucha son visage et murmura des paroles de réconfort. Il sentit la sueur sous ses doigts. L'air du placard était irrespirable. La chaleur était si intense qu'elle le cuisait à travers sa chemise. Les gémissements s'atténuèrent et l'homme parvint à articuler :

– Ma cheville... ma cheville droite...

Qu'est-ce que cela voulait dire ? Vivien obéit et tâtonna le long de la jambe. Le blessé gémit. Les doigts de Vivien soulevèrent le bas du pantalon et sentirent un relief étonnant.

L'homme portait un étui à la cheville.

– Oui... murmura-t-il. Sors-le et donne-le-moi.

00:00:50

– Papa !

Alice lâcha le sac et se précipita vers son père stupéfait. Il la serra dans ses bras. Le sac était abandonné dans le milieu de la pièce.

Alice pleurait contre sa poitrine. Il ne comprenait rien à ce qu'elle murmurait. Ce n'était qu'une litanie de mots sans queue ni tête. Il la saisit par les épaules et la fit reculer pour mieux la voir.

– Qu'est-ce qui se passe ? Il est arrivé quelque chose ? Réponds !

– Je... je croyais que tu étais en haut. Le garde nous l'a dit.

– Mais qu'est-ce que tu racontes ? Ma présence n'était pas indispensable. De quel garde parles-tu donc ?

– Il est mort ! Oh ! Papa ! Aide-moi ! Je dois tuer le président !

00:00:47

Les ravisseurs ne s'occupaient plus d'Agathe. Attentifs au clignotement qui attesterait de leur réussite, ils ne quittaient plus leur pièce dans l'attente de la seconde fatidique.

Agathe entendit la sonnerie d'un téléphone. Les hommes échangeaient des paroles nerveuses. Ils vibraient de joie.

Et elle aussi.

Elle était parvenue à dénouer le lien de son second poignet. Elle lécha à nouveau sa chair meurtrie et s'attaqua aux lanières qui emprisonnaient ses chevilles.

« Le plafond ! Le plafond ! » hurlait une voix dans sa tête.

00:00:44

C'était un étui de cuir. À l'intérieur, les doigts de Vivien sentirent un objet dur et froid dont il reconnut tout de suite la forme.

Une arme !

Le souffle court, il chercha le bouton-pression de l'étui. Il l'entendit cliqueter. Et doucement, il retira un pistolet qui pesa dans sa main.

00:00:42

– Il faut que tu sortes tout de suite d'ici ! hurlait Alice. Viens ! Viens vite !

Elle tira son père par la main.

Il fit quelques pas avec elle avant de s'arrêter et de retirer sa main.

– Je ne te suivrai pas sans avoir entendu des explications ! Tu vas d'abord te calmer et me raconter ce qui se passe. De quel homme parlais-tu tout à l'heure ? Qui est mort ? Et qu'est-ce que c'est que cette histoire avec le président ?

– Nous n'avons pas le temps ! La bombe va sauter d'un instant à l'autre.

– Quoi ? Quelle bombe ? Qu'est-ce que tu racontes ?

Alice, les cheveux fous, se tenait debout devant son père, blanche comme un cadavre. Il la secoua.

– Dis-moi ! Dis-moi ce qui t'arrive ! Quelle bombe ? Où est-elle ?

– Il faut sortir, papa... Je t'en prie. Il faut sortir. Sinon, ils tueront maman.

00:00:38

Agathe se leva. Elle boitilla sur la pointe des pieds. Ses membres étaient ankylosés. Elle parvint à la fenêtre et l'ouvrit.

La vue donnait sur une cour intérieure sombre comme un puits. La pièce se trouvait au dernier étage.

Il n'y avait pas de balcon, juste une pauvre gouttière rouillée.

Aucun espoir de fuite par ce chemin-là. Elle l'avait supposé.

Le faux plafond était une meilleure idée mais la fenêtre devait être ouverte pour tromper ses ravisseurs.

Elle revint vers le lit dont elle escalada les montants et posa les mains sur le haut de l'armoire.

Elle se hissa, l'armoire bougea, l'une des deux portes s'ouvrit.

Elle s'immobilisa, s'attendant à voir l'un des hommes se précipiter dans la pièce. Mais non. Ils n'entendirent rien.

Fascinés par le compte à rebours et le clignotement lumineux de la bombe, ils restaient devant leur écran.

Agathe serra les dents, fit un rétablissement et parvint à se hisser sur le haut de l'armoire. Elle devait se tenir à genoux, son dos touchant le faux plafond. Lentement, d'une main tremblante, elle poussa un panneau de polystyrène. Il se souleva.

Le faux plafond cachait un espace ténébreux plein de poussière. Une vague lueur provenant d'une lucarne descendait en faisceau sur le quadrillage de tubes de plastique qui maintenait en place l'ensemble des plaques.

Pourvu qu'aucune ne craque ! Agathe était légère mais elles n'étaient pas conçues pour supporter une charge importante. Les tubes non plus.

Pourtant c'était sa seule chance.

Elle se coula dans l'espace et prit garde à répartir son poids sur plusieurs panneaux à la fois. Quand elle fut certaine d'être stabilisée, à plat ventre, elle replaça sous elle la plaque qu'elle avait ôtée pour pénétrer sous les combles.

Désormais, elle ne devait plus faire un mouvement.

Il fallait s'armer de patience et attendre.

Attendre que l'un des hommes se rende compte de sa fuite…

00:00:30

Le poids du pistolet le rassura.

Vivien plaça l'arme dans la main molle de l'homme de la Sécurité.

– Redresse-moi maintenant. Fais attention. Il m'a tiré dans le ventre.

Le blessé pesait une tonne. Vivien parvint à le placer dans une position mi-allongée, mi-assise. Essoufflé, l'adolescent s'appuya au fond du placard. Il entendit remuer une chaise.

Le policier était là. Mais où exactement ? Son compagnon d'infortune allait-il tirer dans la serrure ? Vivien claquait des dents. Sa vie était en jeu. Le blessé était-il capable de viser juste ?

Et surtout combien de temps restait-il ?

00:00:27

Patrick Delaunay considéra le sac de sa fille avec horreur. Il crut immédiatement ce qu'elle venait de lui raconter, entre deux sanglots. Il croyait les bribes de cette histoire de fous.

Car jamais Alice n'aurait pu l'inventer.

Il s'empara du sac et vit des tubulures de plastique sous le rabat.

Alice avait apporté la mort dans son bureau !

– Laisse mon sac ! hurla Alice. Il va sauter ! Il va sauter !

Delaunay n'avait plus le temps. Il allait mourir. Sa fille aussi. Et la plupart des hommes et des femmes qui se tenaient juste au-dessus de lui !

Il bouscula Alice, ouvrit la porte du bureau et courut jusqu'à une alarme dont le gros bouton rouge avait été placé à hauteur d'homme.

Il l'enfonça et aussitôt les hurlements d'une sirène retentirent dans le bâtiment entier.

Il revint dans le bureau et bondit vers un coffre-fort encastré dans le mur. Alice était toujours à la même place.

00:00:25

Les doigts fébriles de Patrick Delaunay cherchaient la combinaison d'ouverture.

...24

Il y avait deux cadrans.

...23

Premier cadran.

...22

Deuxième cadran.

...21

Il tira sur la porte du coffre-fort, révélant plusieurs étagères couvertes de dossiers.

...20

La sueur dégoulina dans ses yeux.

...19

Il passa la main sur son visage.

...18...17

Il s'empara du sac laissé au beau milieu de son bureau.

...16

Il le fourra sur une étagère du coffre-fort.

...15

La porte claqua.

00:00:14

– Vite ! cria-t-il. Le blindage amortira l'explosion. La sirène a prévenu tout le monde. Grouille-toi.

...13

Il entraîna Alice dans le couloir. Ils se mirent à courir comme des fous. Des employés sortaient de leur bureau, l'air étonné.

...12

Patrick Delaunay hurlait :

– Partez tous ! Partez tous ! Il y a une bombe !

Des cris de panique envahirent l'étage. Le volume de la sirène sembla augmenter.

...11

Alice volait presque derrière son père.

La bombe va exploser ! Elle va exploser et maman ne mourra pas !

...10

Le président non plus ! Ils évacuent les bâtiments. Ils vont avoir le temps. C'est fini. C'est fini.

00:00:09

– Il y a un abri anti-bombes au sous-sol ! cria son père.

Plusieurs personnes bouchaient le passage.

...8

L'espace se dégagea. Ils dégringolèrent en grappe dans l'escalier.

00:00:07

La sirène hurlait.

Ils allaient mourir dans leur placard s'ils ne tentaient rien.

...6

Vivien vit soudain un éclair jaillir devant lui dans un bruit de tonnerre. Le garde blessé venait de tirer !

Une forte odeur de poudre envahit l'espace confiné. La serrure fut pulvérisée.

...5

D'un coup de pied, Vivien poussa le panneau de la porte. Il s'immobilisa, ébloui par le néon du bureau.

...4

Le policier pivota vers le garçon qui sortait en titubant du placard.

– Bon Dieu ! cria-t-il.

Il brandit son arme, devant les yeux écarquillés de Vivien.

00:00:03

Il le mit en joue. Une éternité s'installa. De l'autre côté de la cabine, des gens passaient en criant. La sirène infatigable continuait à leur vriller les tympans.

00:00:02

Vivien eut peur et se plaqua au sol. Une nouvelle détonation sortit de la gueule noire du placard et le faux policier fut projeté contre le mur, l'épaule transpercée.

Son arme tomba à terre. Vivien l'envoya valser de l'autre côté de la cabine.

00:00:01

Le gros policier grimaça en se tenant l'épaule. Ses yeux allaient de Vivien au placard, il ne comprenait pas encore ce qui venait de se passer. Il se laissa glisser, traçant sur le mur une épaisse ligne rouge. Puis il éclata de rire.

– C'est fini. C'est trop tard, sale morveux.

Il tourna la tête pour apercevoir une dernière fois la pendule électronique.

00:00:00

Ils fermèrent les yeux et rentrèrent la tête dans les épaules, attendant l'explosion qui allait les pulvériser.

ÉPILOGUE

L'homme à l'imperméable avait pris place à la terrasse d'un café. La main dans sa poche sans fond, il tenait toujours son arme. Cette arme avait craché plusieurs balles. Il aimait sentir sous ses doigts le canon allongé par le silencieux.

Le tueur fixait les bâtiments du ministère de l'Intérieur. En vérité, il ne détachait pas les yeux d'un étage particulier. Des employés sortaient dans la rue. Il percevait une sirène.

Mais il n'avait entendu aucun bruit d'explosion.

Rien.

Il regarda sa montre qui, comme celle de ses complices, avait été synchronisée avec le compteur de la bombe.

Son téléphone portable sonna. L'homme le tira d'une poche intérieure en prenant garde de ne pas dévoiler son pistolet aux clients du café.

Ceux-ci se levaient et se massaient devant la vitrine pour essayer de deviner l'origine de l'agitation.

– Rien, annonça le tueur dans le combiné.

– C'est fichu, dit la voix rauque du chef. Ils ont eu le temps de la désamorcer.

– J'y vais ?

– Non ! Dégage comme prévu.

Il fallait obéir. Ce n'était que partie remise. Le tueur se leva.

L'homme blond reposa son téléphone. Devant lui, sur l'écran, le point lumineux de la bombe clignotait toujours dans le bon rectangle. Que s'était-il passé ?

Le moustachu empoigna une arme et gagna la chambre adjacente.

À son appel, le blond se rua à sa suite. La femme n'était plus sur le lit. La fenêtre était ouverte !

Il rejoignit son complice penché à la fenêtre.

– C'est impossible ! Elle n'a pas pu sauter de cette hauteur !

– Elle s'est tirée ! Elle a dû s'agripper à la gouttière.

Ils se tordirent le cou pour apercevoir les toits avoisinants.

– Viens ! jeta le blond. Le plan a échoué. On n'a pas le temps de s'occuper d'elle. Il faut déguerpir. On laisse le matériel.

Couchée en travers du faux plafond, Agathe entendit leurs pas marteler le plancher.

Ils n'avaient pas pensé à regarder au-dessus d'eux ! Elle était sauve. Elle allait vivre.

Bientôt, elle retrouverait sa fille.

Alice et son père se tenaient dans la cabine. Vivien, hagard, venait de voir le policier et l'homme de la Sécurité être évacués en brancard, sous bonne escorte. Une dizaine d'hommes en uniforme ou en civil avaient envahi les lieux. Un groupe d'artificiers gagna le bureau de Patrick Delaunay à l'étage. La sirène continuait de hurler.

Vivien ne pouvait pas répondre à toutes les questions qu'on lui posait. De temps en temps, il regardait Alice et affichait un sourire tremblant. En attendant que les autorités comprennent ce qui venait de se passer, une seule chose comptait : ils étaient vivants et la bombe n'avait pas explosé.

– Il faut trouver maman avant que ce soit trop tard ! cria Alice dans la cacophonie. Si la bombe n'a pas sauté, ils vont se venger sur elle !

Un artificier se fraya un chemin jusqu'à Delaunay.

– Vous avez débranché les deux fils qui commandaient l'explosion. Les chiffres défilaient normalement mais le circuit de mise à feu était coupé... Vous avez pris des risques énormes. Vous connaissiez le principe de cette bombe ?

– Je n'ai rien touché, répliqua Patrick Delaunay. Jamais je n'aurais tenté d'arracher le moindre fil ! Il y avait trop de danger.

L'artificier eut un sursaut de surprise. Alice ferma les yeux. Ce n'était pas elle qui avait débranché les fils. Alors qui ?

Vivien s'exclama :

– Quand le chauffeur est mort, Alice m'a demandé de sortir le sac de la voiture, et mes doigts se sont accrochés dans des fils. À ce moment-là, je ne savais pas qu'il contenait une bombe. C'est peut-être moi. Ou les voleurs à moto quand ils ont arraché le sac ?

– Vous auriez pu mourir. Vous avez eu une chance incroyable.

– Je vous en prie ! Écoutez-moi. Maman est leur otage et ils m'ont dit qu'ils...

Alice éclata en sanglots. Son père la serra dans ses bras. Vivien, qui se sentait impuissant devant la douleur de son amie, recula parmi les autres témoins.

Delaunay caressa la tête de sa fille :

– Ne t'inquiète pas, ma chérie.

Les doigts d'Alice s'agrippaient aux revers de sa veste. Delaunay était accablé. Comment pouvait-il lui demander de se tranquilliser quand des images horribles envahissaient son propre cerveau ? Agathe devait être morte depuis longtemps...

Le portable d'Alice, que le gros policier avait abandonné sur le bureau, sonna à cet instant.

C'était Agathe.

L'AUTEUR

Michel Amelin vit en Loire-Atlantique. Il partage son temps entre l'enseignement et l'écriture. Sa grande spécialité est le roman policier mais il a publié aussi des romans d'horreur et des romans d'amour. Il faut dire qu'il aime avant tout imaginer des histoires qui vont donner des frissons à ses lecteurs, que ce soient des frissons de peur ou des frissons de plaisir !

Aubin Imprimeur
LIGUGÉ, POITIERS

Achevé d'imprimer en février 2005
Dépôt légal mars 2005 / N° d'impression P 68064
N° d'édition 4137 / Imprimé en France

DANS LA MÊME COLLECTION

À l'heure des chiens, Évelyne Brisou-Pellen
Allô ! Ici le tueur, Jay Bennett
Arrêtez la musique !, Christian Grenier
Assassinat rue Morskaïa, Michel Honaker
L'assassin est un fantôme, François Charles
@ssassins.net, Christian Grenier
Big Bug, Christian Grenier
Carton rouge ou mort subite, P. Barbeau/R. Judenne
Coupable idéal, Jean Molla
Coups de théâtre, Christian Grenier
Crime à tous les étages, Alice Hulot
Crime d'auteur, Jacques Asklund
Croisière en meurtre majeur, Michel Honaker
Folle à tuer ?, Catherine Missonnier
L'inconnue de la chambre 313, Geneviève Senger
Meurtre au lycée, Geneviève Senger
L'oiseau de mort du cap Horn, Jean Merrien
L'Ordinatueur, Christian Grenier
Panique aux urgences, B. Aubert/G. Cavali
Panique sur le télésiège, Thomas Brezina
Un printemps vert panique, Paul Thiès
Le secret de la momie rouge, Thomas Brezina
Simulator, Christian Grenier
Sombre trafic, Catherine Missonnier
La sorcière de midi, Michel Honaker
Souviens-toi de Titus, Jean-Paul Nozière
Week-end mortel, Jean-Paul Nozière